令和川柳選書

常世草

岩渕比呂子川柳句集

Reiwa SENRYU Selection
Iwabuchi Hiroko Senryu collection

新葉館出版

令和川柳選書
常世草 ■ 目次

令和川柳選書

常世草

Reiwa SENRYU Selection 250
Iwabuchi Hiroko Senryu collection

第一章　あさがお

新書の風穴　天窓が開く

体温は高めに春の調律師

陽の当たる窓から春のテレパシー

まっさらな朝へ真っ白なエプロン
リラ冷えの面取り髪を整えて
子守唄とおくの海に来たものだ

大根の辛さは母の十か条

子は東　母は北へと見送らん

街路樹にもたれて月と身の話し

酒人の饒舌あかあか夜と酌む

カーナビの知らぬ小路に「あっ桜」

深緑の一冊　鳥の眼が光る

荒れた手が国家をめくる一ページ
風評のドクロマークが眠らない
お先にと影が光に手を振って

入り口のおむつ出口のおむつ冬の川

ローカルの一匹野火はブログから

里帰り葉っぱのピアノ風の笛

良かったね昨日の耳がやってくる

歳々の残雪とけてくれまいか

赤い実がこぼれる秋の鎮魂歌

身の更新つめかえようの血が足りぬ

不機嫌な街の心音聞く電柱

悲苦哀痛　マリアに声が届かない

水鳥へ生の一字を渡される

日没の仕事は空の拭き掃除

梅は咲き菊が見送る人の辻

正義感木綿の素地を光らせて
サイフォンのお望みならばワルツなど
ハンドルは南ひかりの麓まで

感性のさざ波ミロに触れてから
お守りをシャッフルさせてほどく闇
パンクせぬ自転車　あおを漕ぎながら

ひと去って里のスモモはまっ盛り

Y字路の決断　島をさるカモメ

花から花へ蜂のムサシの炎天下

母系だろうか芋の花が好き

圏外の夢を売ります星祭り

例えばがほどよく熟す安定期

喜んでくれたでしょうか包装紙

縄跳びの縄に却下された靴

瓶の蓋すねて今夜は帰さない

疲れたわそろそろジャムにして欲しい
無添加の夕日やすらぐ一匹で
七色になるまで虹のストレッチ

頬杖の窓半分に空がない

卵ならさっき自立のコケコッコ

しみじみが日暮れの坂を通過中

カーテンを開けてわたしの今日とする

点滴の谷へかすかな鳥の声

グレタの輪唱　地球《ほし》が笑うまで

乱月をのがれ駅のピアノ曲

長寿のレールが延びる日本海

A4の更地に咲かす主語述語

息吸って歳を吐き出すトレーニング

向日葵と南瓜の側にいる安堵

自転車を森に立てかけ眼は鳥に

出口なら次のページに描いてある

月はいま点字ブロックパトロール

ブックカバー鳥語花語の秘密基地

よろしくと若葉四月の封を切る

黄昏を温め直したミントティー

これまでがこれからと言う掲示板

気持ちの都合隠れてみたくなる

土だから解るジャガ芋の滑舌

とりあえずワンコインの空を跳ぶ

風呂敷を国旗に変えたアスリート

否になって母を泣かせた事がある

登記簿の三十二番地に散る紅葉

満月へ闇もうっかりピースして

夏星の二錠つるんと夜明けまで

いざ行かん空のかなたへ星買いに

音読認証円空写楽山頭火

本気だな冬が素足で会いに来る

空き箱も昔話はもっている

お願いの前に賽銭箱がある
物指しは硬い言葉でやってくる
シャンソンの口パク秋に入ります

温めるスープカレーは二度笑う

終活と就活　親父とちがう四季

病魔にはご縁があって着信音

針の穴三つ並んで不仕合せ

逢いたいね集合写真のヒストリー

鳥籠が壊れるまでは鳥でいる

Reiwa SENRYU Selection 250
Iwabuchi Hiroko Senryu collection

第二章

ひるがお

完走の一冊なるほどザ・ワールド

向日葵はゴッホを咲かせたことがある

床の間のスルメ「あらお父様」

梨をむく指の先までおもてなし

デジタルの波に溺れる旧の月

旧交の切手おでんの味でくる

おすすめはぶっかけ丼の一行詩

白髪をいただく富士の顔をして

喜怒哀楽　人生劇の詰め合わせ

毒舌の最中　茶房の花ちらし

同情のほどよい辛み果実酒

熟ワイン殺し文句のペアグラス

女の棘　男の肝を食べてから

木枯らしの音読エンディングノート

蝶むすび唯の紐には戻れない

夏の季語指パッチンが止まらない

ガガさまババさま真面目な濁点

デッサンの頃は光っていたおでこ

小雨のリフレイン五ページあたりから

とり込み中にて前略のボールペン

孤独の「草々」遺産整理人

月の裏トリプルAの亡母がいる

あらねばと四角なものが流れつく

休日満たん　モネ・ミロ・ルノワール

日だまりの欠伸セコムしてますか
クラクション　気力　体力　女力
せせらぎの音律　青葉の大ホール

せっかくをいただくアジアの鳥として
黙る日も黙っていない世界地図
偶然に人と生まれて聴くショパン

カーナビの裏をぐって射手座まで

下町の山頭火　咳をしても消費税

ブックオフ鮮度のおちた鮨のネタ

涅槃西風石狩湾の灰もよし

四世代くまの木彫りといる丸さ

子を抱いたこともあったね冬みかん

肉体は薬の機嫌でできている

居酒屋の第一議案ウクライナ

心配が出たり入ったりする遺影

仏壇をひらき病が会いに行く

告白が一拍ずれた蝉の殻

カラスなら素直に言えたお・か・ね

それならば夕べに塩を振ってみる
日はまだら母になったり荷にもなる
未公開の涙もあったこぼれ萩

少し泣き少し許してきた指輪

無償の愛　母の源泉かけ流し

フライパンの爆発「あ・な・た」

あつらえた景色にトメとハネがない

山路きて電子音に追い越され

おにぎりの中味に臍の緒を入れる

フリーズした手首がつかむもう一度

転送の切手昭和の原っぱから

トルネード大地に喧嘩売る気かい

リンゴの八つ切りシェアハウス

ナスのざく切りグループホーム

タコ焼きの愛嬌　回転レシーブ

小説のモデルになったつけまつげ

前足の荷物にならぬ後ろ足

地を這った小銭はきっと化けるだろ

間違って胸に止まったカブトムシ

老人二割り蟹は三割お買い得

季語植えて冬を咲かせてみたくなる

雑草の生いたち本家が解らない
痛いので確かに生きているのだろ
幸せの選択サンマかエルメスか

西日の逆走　恋歌の風花

枯れ木にかんざし余熱のストレッチ

鳥の声ふって田んぼが水を呑む

金網の虫が見ているＮＨＫ

リフォームの鋏が止まる亡母の帯

苔玉になるまでうたう反戦歌

色あせて一人前になった傘

自我のまま冷凍庫のガギグゲゴ

売られゆく葱を見送るネギの穴

あんこみそきなこ豆の寄せ囃子

蟻の巣ころりん過労の念仏

横顔のほとりが痒いほめ言葉

電脳に負けたりしない母子手帳

コスモスの改札口がある故郷

原っぱの合唱　虫の民主主義

まだ丸くならぬつもりの旅とする

知らない町知らない人のもらい水

映像にカチャリと入り夏終わる

Reiwa SENRYU Selection 250
Iwabuchi Hiroko Senryu collection

第三章　ゆうがお

逃れきて体ひとつのエアポート

片言の「センソウ」平和の成長痛

大地より生えたる人の野外劇

割り算の余りにさせぬ要介護

帰らねばフロントガラスの鰯雲

リバーシブル生れる祭り死ぬ祭り

番組の途中ですがと流れ星

薔薇の冬コラーゲン売りがやってくる

未完の樹いつかは蝉と語りたい

八月のデッサン原画は崩さない
ここもまたマネーファースト肉食獣
お聞きなさい人の壊れた「ん」の音

加齢いま間欠泉でくる病

取り寄せた秋は切り身でやってくる

年齢が余ってしまうこの町も

水掻きのリフォーム冬になるまえに

ＡＩのテーブル記号の天ぷら

禁止令おとこは黙って酒を飲む

知り合いに医療戦士が二人いる

追い風も向かいの風もないホーム

補聴器の邪魔をしないホーホケキョ

山門に一礼除菌の終わりかた

追伸の網にかかった親魚

交番の欠伸　葱の忘れ物

記号にて表情筋はまだ未完

性懲りもあった山頂の根雪

法治国おまえのための鉄格子

町内の九官鳥に聴く名医

只今の続き　ポケットの焼き芋

有り難うごめんなさいと木は伸びる

冷凍のハート情けを忘れたわ
頭から雪をかぶって屋根になる
雪虫よ三日かぎりのラブソング

邪宗徒の横目伏し目の祈りかな

おおかたは散ってしまった冬日記

ねんねこが陸海空を眠らせる

お休みのスイッチ今夜は雪だろう

始まりがあって砥石の濁り水

雪国の墓参　凍魚になる前に

わたくしを灯せば影も立ち止まる

北国のてのひら鶴のエアポート

文脈の主役は山を通過中

死線いまスタンプラリーの冬銀河

晩秋の少しかすれた茄子の声

文体に景色があって立ち止まる

天界におまえと呼ばれるヒトの族

鼾から覚めた越冬オノマトペ

キシキシキシキシ靴の底から雪の声

タンポポの安全地帯がある絵本

いずれみな仏にかしぐ白い傘

寂しいと書いてはいないあなかしこ

傾く空　台地も人も四股を踏む

一人がいいそんな飛沫も彼岸まで

誰彼のもとへ令和のグータッチ

長い夜ページの指についてゆく

夜行列車オリオン行きに乗ってみる

紳士録　花瓶の水は忘れない

横向きのひまわり秋を見ましたね

一日が並び夕陽の輪をくぐる

命日のひと日は菊の息をして

終点にのこる始点の箇条書き

眠剤の小舟に揺られ月の海

亡母《はは》と逢う当日券の夢枕

日は陰り看取る峠も雪だろう
私語きえて行く日来る日は雪模様
雪雪雪岬の屋根は若くない

ネジ巻の時計となって語り継ぐ

久し振りレトロなジャズにハグされて

秋深くにわか十字をきる紅葉

神の名で何度もひらく非常口

シナリオを持たぬ氷柱の今日かぎり

振り出しへ仕立て直しの白いシャツ

裏山に喋りすぎない梨の花

貧しいと言わぬ野原の草仲間

勝ち負けの季節があった炎天下

空腹の峠があった復刻版

一念を使いはたした絵ロウソク

寒いなあ穴を覗くと僧がいた

虚も実も終えて素足になる河原

この星はニキビのような人だかり

さよならの美学　余熱のあるうちに

何卒が鳥居をくぐる雪の靴

僧が来てあの世のドアを開けて行く

黙劇のベンチで学ぶ月の手話

あとがき

日記のようなものを書き連ねて、二十余年の歳月が経っていました。

これ等の句群は、いつしか私の分身となり、言葉の旅をしたいというおもいが生まれ、そんな折「新葉館」さんのお声がけがあり、旅にでることをきめました。

川柳との出会いは、軽い気持ちで「なになに」の覗き穴だったのです。

しかし、その穴は掘っても掘っても底が見えない穴でした。来る日も来る日も取りつかれたように、泥だらけになって掘り続けました。

それでもこの穴の魅力は、文芸の世界を超えた、人の世のビタミンがいっぱい詰まっていた穴だったのです。

振り返ってみると、川柳バカの日々は、私にとってもビタミン剤となり、いままでもこれからも、豊かな人生を頂いたとおもっています。

この旅を機会に多くの柳友とお目にかかり、会話が弾むことを願っています。

二〇二二年十一月吉日

岩渕比呂子

●著者略歴

岩渕比呂子（いわぶち・ひろこ）

北海道生まれ。

「道産子」「川柳大学」「水脈」を経て現在「触光」「琳琅」同人となる。

北海道札幌市在住。

令和川柳選書

常世草

○

2023年1月21日　初　版

著　者

岩渕比呂子

発行人

松岡恭子

発行所

新葉館出版

大阪市東成区玉津1丁目9-16 4F　〒537-0023

TEL06-4259-3777㈹　FAX06-4259-3888

https://shinyokan.jp/

○

定価はカバーに表示してあります。

ISBN978-4-8237-1192-3

令和川柳選書

軸足は明日へ

Reiwa SENRYU Selection 250
Arakawa Yasuo Senryu collection

第一章　ああヒト科

どこか変何かが欠けている気配
味のある采配石に陽が当たる
見ているようで見過ごしている真横

人は移り気ヒットチャートはすぐ変わる
メダリスト　ストイシズムに陽が当たる
一列にドミノ倒しという脆さ

虐待死子らはキラ星だったはず

ビル林立人の匂いが薄くなる

非日常瞬発力が試される

たられば　に負けず嫌いと書いてある

組織防衛嘘を重ねてきたんだね

焦点は噛み合わぬまま右派と左派

耳たぶにキッス孫子と血が通う

大物を狙う撒き餌だ念入りに

人事権持つといいかついい顔になる

魂を売って忠実なる僕
一強の歪み底冷えしませんか
いい子ばかりが増えて沈んで行く日本

ディール優先日毎に軋みだす地球

群雄割拠平和日本に死語らしい

強弁をするから水がすぐ漏れる

虐待防止ネットの穴が塞がらぬ

生き様に拍手を無私のボランティア

大東亜のビデオが売れる敗戦日

リストラや人の尊厳切り捨てる

アメリカのいいなりですか疑似平和

のっぺら坊の多さスマホが糸を引く

猫の動画に癒やされながら午後のティー

無駄骨がようやく実る四コマ目

安定の二文字に誰も捧げ銃

初陣を飾り天狗になるなかれ

若者の保守化冒険嫌いだな

単身者の森に響かぬ協和音

御免とも言わず弱者を撫で切りに

自分より妻の検査値気にかかる

世間並み口で言うほど甘くない

健全な風土育む多様性

言の葉の軽さを嘆く広辞苑

ルノアールの筆の丸さよ裸婦像よ

見通しの甘さに触れぬ後日談

歴史はドラマいつも忘れぬ本能寺

賃貸が増えて乾いていく風情

懸賞をつけると記録よく伸びる

トンネルの長さ胆力問うている

ワンチャンス掴んだ後の正念場

ご機嫌斜めで察してタマがニャーと来る

足の着くところでノーとよく吠える

半開の窓から顔を出す疑心

先着につられて無駄を買っている

上下関係弁え猿の毛繕い

不登校命削っている教師

時は金なり収支トントンでは合わぬ

独裁の末路は寒い絵となろう

家族百態待合室に見る世情

足並みが揃うと心置き去りに

ふわふわのネットで包みたい弱者

記憶には電子辞書より紙の辞書

新聞紙読む人のない通勤車
婦唱夫随横を向いては叩かれる
嘘百回唱え誠と信じてる

ゲーム機の世代に託したい不戦
みんないい子自己防衛に長けている
世知辛いヒト科順位を付けたがる

ない袖を振るから友が寄ってくる
ファジーとや遊泳術に長けている
横なぐりの雨にたじろぐ自助の汗

うねりとはならぬ弱者の涙雨

ゲルニカの強さ微動もせぬ構図

スマホ繰る耳は退化をするばかり

ウイズコロナ身の丈少し縮めよう

マスク二枚四百億に絶句する

コロナ成果か鬱をすらすら書いている

モノトーンになりがち自粛続く日々

コロナ禍へ歯を食いしばる招き猫

ステイホーム退屈させぬ囲碁ソフト

人道の名で裁けるかジェノサイド
ドンパチが続くヒト科は戦好き
独裁の末路を決めるのは庶民

にらめっこしたらプーチンには負ける
引き金へ逡巡せぬか一兵士
ああロシアマトリョーシカに罪はない

定めとや名も無き兵が今日も逝く

バラ色の明日と産着に言えますか

風通しいいなみんないいい皺いい笑顔

Reiwa SENRYU Selection 250
Arakawa Yasuo Senryu collection

第二章 夕暮れて

迷走が続き潮時だと悟る

速度計ペースダウンをしませんか

プラス思考この頃ネジがよく緩む

余命表まだが時々駄々こねる
逝く日まで希望の二字を胸奥に
カット野菜いつかおひとり様になる

二呼吸入れねばできぬギアチェンジ

八版も買えるでしょうか広辞苑

ピリピリとするのはよそう余命表

腕時計外すとひと日長くなる

新刊書月三冊がやや重荷

友の訃に五年日記が落ち着かぬ

健やかな老いかコロコロ物忘れ

倦怠期の兆しか妻の厚化粧

モノトーンを変えたい青いバラを買う

七十路へ母の小言がまだ生きる

心根のやさしさお顔にいい小皺

猫の丸さに心の棘も抜けてゆく

オンオフが瞬時にできたのは昨日
ご無沙汰も途絶えて遠くなる故郷
昨日まで書けた漢字が今日書けぬ

加齢とや一人遊びが多くなる
ニューウェーブのうねりに遠く惰眠する
要介護だれも抱えている課題

叶うならタマより先に召されたい

晩鐘に包まれ感謝する実り

充電へ妻のへそくり当てにする

月一の診察券は歯医者用

ボランティア募ればみんな高齢者

一二三唱え押してる膝のツボ

ＩＴ化のこのこついて行く左脳
まだ若い気持ちについて来ない足
遊行期を迎え凡夫を抜け出せぬ

屁理屈を並べ片意地張っている
右肩上がり昭和もぼくも若かった
後5年まだ3年とスニーカー

コロナ禍も平気年金生活者

介護ロボお世話になろう近未来

新型コロナあの世がぐっと近くなる

天仰ぐことなく重ねてる馬齢

倦怠期の手帳はいつも曇り空

裏の裏読むのはよそう日が暮れる

息災の証だ妻の高いびき

過疎化とは遠雪崩だと風の私語

おだやかな流れの中にいて凡夫

加齢とや時々箍の緩む音

老骨にネジ巻きに来る若緑

背負う荷の重さに耐える肩の凝り

引き際の美学を問うている落暉

マンボでウー喜寿はひよこと跳ねている

キャッシュレス肩身の狭くなる諭吉

楽隠居させぬと脅す自助の風

山っ気がまだ顔を出す夕間暮れ

モノトーンが続く私も居酒屋も

「どっこいしょ」なしですっくと立てよ膝

ノスタルジー浸っておれぬ砂時計

卒寿までの道のり遠い喜寿の坂

是が非でも貯める永代供養料
また一つ忘れて痩せる僕の辞書
黄昏が近いと思うもの忘れ

ステイホーム動体視力萎えている

身の丈を縮め増税迎え撃つ

悲しいね口先だけがよく動く

年年歳歳律儀な花を愛でている
水やりを忘れて枯らす花あまた
シンプルイズベスト　心を癒す大落暉

アナログを自認　マイペースで歩く

五月の風と遊んで鬱を解き放つ

一つ覚え二つ忘れる言バンク

秋夜長ワインと憩うビバルディ

ＣＭのサプリが攻めてくる茶の間

後期高齢重ね合わせている落暉

言い訳を許さぬ妻の速射砲

惜別の涙届かぬ家族葬

夫病んでガラリと変わる風景画

もう一度栄華の夢は捨てきれぬ
いか程の汗を積んだか九十九折
楚々と咲く野花を愛でる散歩道

友の訃に喜寿はひとつの壁と知る

闇の深さに戸惑う蟻の列にいる

分相応わきまえ質素旨とする

いくばくの余命笑いを友とする

足らざるを知って晩学急がねば

残照へ愛おしさ増す今日ひと日

Reiwa SENRYU Selection 250
Arakawa Yasuo Senryu collection

第三章

明日は晴れ

打てば響く心の弦は高らかに

一点集中いつかは見える突破口

子どもらと握手若さが蘇る

ステップアップしようと跳ねるスニーカー
一日一生この一時を煌めこう
5年後へロールオーバーする指針

赤ちゃんの寝顔ほのぼの感満ちる

シャガールになって空中キスをする

未来形追うから忘れてる加齢

疲れるを禁句にしたい共白髪

さわやかな笑顔を買いにリピーター

感嘆符の多さ海馬が跳ねている

難関を突破心音リズミカル

おまけから転がりだしたいい話

カッポレカッポレ踊る阿呆のど真ん中

好奇心ふつふつ加齢寄せつけぬ
もうひと踏ん張りできるでしょうと押す夕陽
心魂を磨くやさしくあるために

川柳のお蔭人の輪広くなる

人生は寸劇うたた寝はできぬ

虹を追う少年の目が燃えている

涙もろさを自認涙腺まだ涸れぬ

出来るうちが華だと今日も弾ねている

いつもニコニコ貧乏神も寄り付かぬ

明けぬ夜はないとひたすら汗を積む
仕込むのは今だ追い風背に受ける
つるり一皮剥けて私に春が来る

出る杭の気概が老いを寄せつけぬ

風はどうあれ正攻法を崩さない

逆風に一歩も引かぬ輩である

黒髪をなびかせ少女風と舞う
二度とない月日アグレッシブに行く
ラファエロの天使にエゴを諭される

一年生みんな小さく愛らしい
有限の地球だもっと労わろう
突き上げる覇気あるうちは嘶《いなな》こう

晩学の楽しさ通知表がない

「おはよう」は自分鼓舞するおまじない

宇宙史へ誘《いざな》う「はやぶさ」の快挙

秋の陽に残り時間を問うなかれ

前へ進め妻は陽気な鼓笛隊

七十路は未完と胸の炎が跳ねる

真向き合う強さよ逃げは辞書にない

多様性求め蔵書がまた増える

地方再生起爆剤たれテレワーク

体内時計まだまだ古希とそそのかす

何億年かけてようこそニュートリノ

五年日記買い替え明日へランララン

時は金なり　迷いを嫌うコイントス

不老不死の思いを今に兵馬俑

袖の下確と断る楷書体

音域の広さ苦労したんだね

ラッキーカラー纏って箍を締め直す

早寝早起き　私にできるエコロジー

揺れ動く心を射抜く火の一語
ひた走る若さが拓く未来地図
直線に切り込む若さ胸奥に

またとないチャンス投網は広く打つ

まだ跳べる気概支えるスクワット

心魂はたおやか春の風が好き

いつか沃野と不屈で挑んでる苗木

高らかな祝砲過疎に呱呱の声

薫風にぐんぐん伸びる楠若葉

おだやかに今日締めくくる写経筆

晴れ渡る空へ半音上げてみる

金木犀ぼくもオーラを発したい

あの時のもしもが僕の起爆剤

上段の構え爪先まで凛と

初心者を名乗る八十路の心意気

べた足やスタッカートを忘れたか

熟考へ天から降りてくる答え

逆風は明日のチャンスと真向き合う

またひとつ名前覚える花図鑑
日々テスト自己採点を欠かさない
トキが舞う森と田畑を守らねば

鮮烈なデビュー聡太の明日を買う

K点を軽々越えていく若さ

草花も悲鳴温暖化は困る

芥川の箴言明日の糧とする
八掛けで行こうジャンプもまだ出来る
時刻表あるから今日がよく弾む

フライングはしない弱さを知ればこそ

人の名がでるうち外へ出掛けよう

金婚譜さあこれからが正念場

あとがき

平成30年1月に「川柳作家ベストコレクション」に参加して初の句集を発刊、5年が経過した。その間の特記事項としては、令和2年3月頃からの新型コロナウイルスの感染拡大、令和4年2月のロシアのウクライナ侵攻などがある。

コロナの感染拡大は一堂に会する句会や大会の開催を難しくし、当初は休会、次に誌上大会や句会への変更を迫られた。企業や学校ではZOOMが積極的に導入され、テレワークも進んだが、川柳や俳句界ではいずれコロナも沈静化するとの思いもあったか、一部の動きに留まった。座の文芸はやはり「一堂に会しての句会が一番」との声が多く聞かれた。

新型コロナウイルスやロシアのウクライナ侵攻について多くの作品が詠まれてきた。時代の特記事項とは真正面に取り組み、川柳の作品として残していくことは重要なことと認識し、本句集でも幾つかの作品を掲載した。

さて、ベストコレクションの「あとがき」で高齢化の進行による会員減少、後継者育成の難しさなどから吟社運営は厳しさを増すだろうと記したが、その思いはいっそう強まっている。新入会員の獲得は難しく、多くの吟社は会員減少に頭を痛めており、全日本川柳協会に加盟する吟社数も年々減少している。今後を占う上でＩＴに強い人材の確保も急務と思われる。

私は現在文化センター、私的な勉強会などで柳歴30年になるベテランから始めて間もない初心者の方々を対象に川柳講座を担当している。経験者はボケ防止や健康維持のために、初心者は長く続く趣味を探したい、社会と接点を持ちたいなどの思いで参加をされている。

皆さんにいかに川柳の楽しさを伝えられるか、作句上有益で新鮮な材料を提供できるかなど毎回「真剣勝負」との思いで臨んでいる。漢字を忘れたり、的確な言葉がパッと出なかったり、年齢を感じることも増えているが、気力あるうちはもう少し講師を続け、川柳ファンを一人でも二人でも増やしていければと願っている。また、これまでの経験をなんらかの形にまとめられたら皆さんの参考になるのではないかとの思いを抱いている。

本句集への参加を呼びかけて頂いた新葉館出版の竹田麻衣子さんはじめ関係者の方々には大変お世話になりましてありがとうございました。

二〇二三年一月吉日

荒川八洲雄

●著者略歴
荒川八洲雄(あらかわ・やすお)
昭和20年7月1日生まれ
平成6年　中日川柳会入会
平成24年　中日川柳会会長

愛知川柳作家協会会長
全日本川柳協会常任幹事
中日文化センター・NHK文化センター・
ローズ倶楽部等川柳講座講師
中日新聞時事川柳選者

名古屋市在住

令和川柳選書
軸足は明日へ

○

2023年3月7日　初　版

著　者
荒　川　八　洲　雄

発行人
松　岡　恭　子

発行所
新　葉　館　出　版
大阪市東成区玉津1丁目9-16 4F　〒537-0023
TEL06-4259-3777㈹　FAX06-4259-3888
https://shinyokan.jp/

○

定価はカバーに表示してあります。

ISBN978-4-8237-1221-0